Robert Gernhardt, Bernd Eilert & Peter Knorr

Erna, der Baum nadelt

ROBERT GERNHARDT,
BERND EILERT
& PETER KNORR

ERNA, DER BAUM NADELT

Ein botanisches Drama am Heiligen Abend

Mit festlichen Zeichnungen von
VOLKER KRIEGEL

HAFFMANS VERLAG

»Erna, der Baum nadelt«
wurde von Peter Knorr erstmals
an Robert Gernhardts 60. Geburtstag,
am 13. Dezember 1998, öffentlich vorgetragen.

1. Auflage, Advent 1998

Satz: Fotosatz Michel, Gießen
Abbildungen: Litax, Zürich
Herstellung: Artegrafica, Verona
ISBN 3 251 00415 8

ERNA, DER BAUM NADELT

Ein botanisches Drama am Heiligen Abend

Die Personen:

Erna Breitlinger

Schorsch Breitlinger

Kinder Breitlinger

Rentnerin

Herr Schmidt

Reporter Häussler

Professor Dülmen

Studenten und Passanten

Schorsch

Erna!

Erna

Schorsch?

Schorsch

Erna, de Baum nadelt!

Erna

Waas?! Ach des gibt's doch net. De Baum nadelt?

Schorsch

Wann isch der's sach! Geh halt emal her und guck der's aa.

Erna

Tatsächlich. Du hast recht, Schorsch, de Baum nadelt.

Schorsch

Isch werd verrückt, isch werd verrückt. Ei, was mache mer dann jetzt? Kinner, seid doch emal still dahinne! Macht die Musik aus, hört uff mit der Spielerei un kommt her. De Baum nadelt.

Kinder

Guck ema da!

Geil, hiä.

Na so was. Papa, weißtes schon? De Baum nadelt …

SCHORSCH

Ja, des sag ich doch die ganz Zeit, jetzt macht misch doch net völlisch verrickt.

ERNA

Ei, Schorsch, was mache mer dann jetzt?

SCHORSCH

Des waas isch doch net. Des aanzische, was isch waaß, is daß de Baum nadelt.

Erna

Soll isch emal zum Schmidt nuff? Des is doch en praktischer Mensch …

Schorsch

Ja, mach. Holen oder holen net, mach irschendwas, isch waas es ja selber net was … Kinner, was e Uffreschung. Aber daß der Baum auch grad heute nadle muß.

Erna

(ruft) Herr Schmidt! Herr Schmidt!

Herr Schmidt

Bitte? Was ist denn los, Frau Breitlinger?

Erna

Ach, Herr Schmidt, entschuldische Se die Störung, aber unseren Baum nadelt …

Herr Schmidt

Was sagen Sie da?! Ihr Baum nadelt? Aber das ist doch nicht möglich! Das ist ja … Frau Breitlinger, um Gottes Willen …

Erna

Wann isch's Ihne doch sag! Der nadelt. Könne Se net emal runner komme un sisch des aagucke?

Herr Schmidt

Natürlich. Sofort. – Kommt mal mit runter, Kinder, bei Breitlingers nadelt der Baum.

Schorsch

Nabend, Herr Schmidt. Jetzt gucke Se sich des emal aa. Wie der Baum nadelt!

Herr Schmidt

Ja, ich habe schon gehört, das ist ja unglaublich. Kinder, nun schaut doch mal, wie der Baum nadelt.

(Klopfen)

Schorsch

Herein!

Mann

Nabend, Frau Breitlinger, ich hab grad im Treppehaus gehört, daß Ihrn Baum nadelt. Dürfe mir mal gucken komme?

Erna

Bittesehr, Herr Fenner, komme Se rein.

Mann

Darf ich vorstelle, mei Frau, die Kinner, die kenne Se ja. Des is mei Schwieschemutter. Die is zu Besuch über die Feiertage, von drübbe.

Schorsch

Angenehm, angenehm. Isch hab aber leider gar kei Zeit, unsern Baum nadelt nämlisch.

Rentnerin

Dadsächlich. Der Baum nadelt. Also so was!

Erna

Ei, was mache mer dann jetzt, Schorsch?

Herr Schmidt

Rufen Sie doch mal den Notdienst an.

Rentnerin

Da muß mer nu so alt wern, um so was mal zu erlebn.

Schorsch

Was dann für'n Notdienst?

Erna

Isch telefonier schon, Schorsch.

Herr Schmidt

Vom Botanischen Institut. Die müssen doch mit so was Bescheid wissen.

Erna

Hier Breitlinger ... Es is so ... daß nämlich bei uns de Baum nadelt ... Wie? ... Naa. Wann isch's Ihne sag: er nadelt! ... Ja? Rohrbacherstr. 183 bei Breitlinger ... Gut. Des is sehr gut.

Schorsch, se komme sofort, hat er gesacht.

Schorsch

Des hat mer selde heutzudach.

Herr Schmidt

Na, das ist doch wohl das mindeste in einer solchen Situation.

Erna

Ei, liebe Zeit, er nadelt ja immä noch. Forschbar!

(Klopfen)

Schorsch

Des is net forschbar, des is phänomenal is des! – Herein!

Reporter

Häussler vom Tageblatt. Sagen Sie, stimmt das? Bei Ihnen soll der Baum nadeln?

Schorsch

Jaa. Komme Se bitte rein. Des is bei uns.

Erna

Vom Tageblatt, soso. Bidde, jawoll, des is unser Baum. Der da. Wolle Se e Bild knipse?

Schorsch

Kinner, kommt emal her, der Herr will e Foto mache, wie unsern Baum nadelt.

Erna

Solle mir aach mit druff?

Schorsch

Frau Schmidt, gehe Se bidde mal bissi zur Seide ... des is unsern Baum, wo da nadelt. Erna, komm bei misch ...

Erna

Isses gut so?

(Klopfen)

Schorsch

Wer kommt dann jetzt noch?

Erna

Ei, de Notdienst vom Botanische Institut.

Professor

Professor Dülmen vom Botanischen Institut. Verzeihen Sie, daß ich einen Teil meiner Studenten mitgebracht habe ... aber, hier soll ein Baum nadeln ... bin ich da richtig informiert?

SCHORSCH

Vollkomme rischtisch, Herr Professer. Des is unsern Baum, wo nadelt. Breitlinger, übrigens, mein Name.

ERNA

Der Herr von der Presse hat's übrigens auch schon gesehe.

PROFESSOR

Ja, meine Damen und Herren, dies ist nun ein nadelnder Baum. Ein Naturschauspiel, bei dem ich es für richtig gehalten habe, Sie trotz der späten Stunde hierher zu bitten. Der Vorgang ist folgender …

Erna

Schorsch, soll ich's Fernseh aarufe?

Schorsch

Erna, Mädsche, Du hast lauder gude Idee. Mach des. Aber unnerbrisch net dauernd de Herr Professer.

Professor

Dieser Baum, dessen erstaunliche Fähigkeit zu nadeln uns ja aus der wissenschaftlichen Literatur durchaus bekannt ist …

Erna

Hier Breitlinger! Is dort des Fernsehe? Wei nämlisch ... es is so ... jetzt halde s sisch e ma fest ... bei uns nadelt nämlisch de Baum ...

Schorsch

Erna! – Laß gut sein. Isch glaub, ebe hat er uffgehört.

Erna

Wos? Nadelt er nimmeh?

Schorsch

Naa. Uff aamol.

Professor

Das ist richtig, meine Damen und Herren. Das Naturschauspiel ist vorüber. Der Baum hat das Nadeln eingestellt. Aber ich bin glücklich, daß wir wenigstens einmal …

Mann

Na, dann gehe mer doch, wenn's nicht mehr nadelt.

Kinder

Oooch, de Baum nadelt net mehr! Schaad. Des war e Ding, gell, Papa?

Rentnerin

Nu so was. Daß ich das uff meine alten Tage noch erleben durfte …

Professor

Auf Wiedersehen und vielen herzlichen Dank.

Schorsch

(ruft) En gude Rusch allerseits.
Erna, des war e Ding, was?

Erna

Also so was! Un jetzt guck'en dir e mal aa. Wie er so friedlisch da steht. Wie wann nix gewese wär, de Baum.

Un dabei hat er grad ebe noch genadelt.